AF199695

Ausgabe 2018 | Nr. 2
Verein Entropie

entropie

Magazin für erzählende Medien

Stadt St.Gallen

Dieses Projekt konnte dank der Unterstützung der Stadt St.Gallen realisiert werden.

Impressum

© 2018
Herstellung und Verlag: BoD – Books on Demand, Norderstedt.
ISBN: 9783748166511
ISSN: 2504-1789

Ausgabe 2
Entropie erscheint gelegentlich und spät

Redaktion: Stefanie Rohner, Benjamin Gahlinger,
Pierre Lippuner, Fabian Engeler
Lektorat: Stefanie Rohner, Benjamin Gahlinger, Fabian Engeler
Satz & Gestaltung: Pierre Lippuner

© 2018, St.Gallen
Rechte an Texten, Bildern und Filmen bei den Autoren

Mit dankenswerter Unterstützung durch die Stadt St.Gallen

Verein Entropie
c/o Stefanie Rohner
Engelgasse 22
9000 St.Gallen

www.entropie.me | info@entropie.me

QR-Code gefunden?
Scannen und die Videos anschauen!

Probiers aus!

Oder jeweils den Link darunter im Browser eingeben.
http://entropie.me/das-ist-der-test-qr-code-krazy/

Mit Bild-, Text- und Videobeiträgen von:

Sabine Wagenknecht, Sandra Müller,
Pia Ammann, Franziska Schaub, Darko Jokic,
Barbara Guth, Bent Dirk, Ledro Penz,
Marco Manobianco, Stephanie Waldvogel,
Timo Stump, Fabian Engeler, Lorena Strub,
Manuela Furger, Pierre Lippuner, Sandra Garcia
Stefanie Rohner, Killian Ziegler, Paolo Deta,
Stefan Tobler Falk, Carl Jauslin, Raphael Rohner,
Tino Heuberger, Sandra Länzlinger, Andreas
Reichelsdorfer und Miriam Schöb

Hier herrscht Chaos!

Darum kann der Inhalt nicht verzeichnet werden.

AHOI LIEBE FREUNDINNEN UND FREUNDE DES CHAOS

Endlich! Die zweite Ausgabe von Entropie ist da. Du hältst sie gerade in deinen Händen, das zeugt von gutem Geschmack. Und ein bisschen Wagnis. Schliesslich weisst du ja noch gar nicht, was dich erwartet.. Zugegebenermassen verlief die Produktion chaotisch. Aber das ist nicht schlimm. Immerhin ist das Entropie, es muss genau so sein. Schliesslich ist es die Idee, das Chaos zu zelebrieren, zu würdigen und zu leben. Genau das tun wir auch in der zweiten Ausgabe. Auch diesess Mal brauchten wir die Kreativität von talentierten Chaos-Genies — und wir haben sie gefunden.

Fotografien, die jede Geschichte so ausdrucksstark darstellen, wie sie war. Geschichten, die fiktiv oder real sind, wurden zu Papier gebracht und Illustrationen zeigen, wie kreativ das Chaos sein kann.

Auch wir von Entropie konnten es natürlich nicht ganz sein lassen, auch etwas in der zweiten Ausgabe zu platzieren. Wir kommen aus den Bereichen Film, Grafik, Gamedesign und Journalismus — und ja, wir werfen mit Worten um uns, stehen auf Bühnen und brüten vor unseren Bildschirmen — mit viel Leidenschaft und Freude.

Nach der ersten Ausgabe waren wir so entzückt, dass wir eine zweite verwirklichen wollten — und wir haben euch wieder gefunden, euch kreative, aberwitzige und berührende Entropianerinnen und Entropianer.

Die Redaktion v.l.: Stefanie, Benji, Pierre und Fabian bei der Beitragsauswahl.

Es ist schön zu sehen, dass der kreative (Irr)Sinn nicht verloren gegangen ist und wir freuen uns unglaublich, dass ihr mit dabei seid. Wann die dritte Ausgabe erscheinen wird, das wissen wir natürlich nicht. Denn was wäre Entropie ohne Ungewissheit? Na eben. Bis zur nächsten Ausgabe bleibt nur zu sagen: Auf euch und das Chaos! Und viel Vergnügen mit der zweiten, chaotischen und wunderbaren Ausgabe von Entropie!

DER URSPRÜNGLICHE TOD EINER POP-SÄNGERIN

Der Mammutzwerg hat das Zentrum des Universums nur durch Zufall betreten. Viele Experten haben diesen Fehler bestätigt, aber er scheint magisch zu sein. Bilder des jungen Mozart und Warhol tauchten auf im Kopf des Mammutzwergs, er hat eine 20 Jahre alte Pop-Sängerin als Katalysator seiner inneren Stimme gefunden. Durch das ganze Universum geschleudert, wurde eine junge Schauspielerin namens Josephine Rosenfeld – *ein Superstar ersten Ranges* – in eine Preisverleihung im Juni 1977 vorversetzt. Sie war schon immer sehr eingenommen von den Witzen des Zwergs und seinen Manieren und verkörperte sogar die Titelrolle in seinem letzten Stück, *Der Tod einer Pop-Sängerin*, aber aus unerfindlichen Gründen gingen die zwei getrennte Wege. Ihre Schwester, Charline, blieb in New York City und wurde bald ein bekannter Broadway-Star (um 1980). Eines Tages erschien Schmalspurgangster Dexter Coogan auf der Bildfläche und kollidierte mit dem Zwerg (in den Strassen Londons). Er war Fiktion, aber er hatte die Cousine des Zwergs, Angel, geheiratet *(eine aussergewöhnliche Wort-Verschwenderin)*, weshalb ihm der Zwerg ins Gesicht rief: «Du bist erklärte Familie!», gefolgt von einer mammuthaften Umarmung, begleitet von Lachen, Tränen und dem gegenseitigen Versprechen einer täglichen Kollaboration auf dem Feld der philosophischen Physik, womit sich beide gut auskannten. Ein LKW passierte sie während dieser Plan- und Verbrüderungszeremonie, er führte eine Ladung Videos mit sich, auf denen Menschen zu sehen waren, die «schon einmal am Broadway gespielt haben» (was viel zu viele zu sind, um jetzt hier genannt zu werden). Der LKW-Fahrer steuerte Schottland an und realisierte damit ein Vorhaben, von dem niemand wusste, denn er flüchtete vor Scotland Yard und war verkleidet als Schauspieler, der sich als Journalist verkleidet hatte (der als LKW-Fahrer verkleidet war). Das Radio hatte die gesamte Zeit über ein Lied gespielt, das von Londons ältestem DJ, John Feel, an die Oberfläche geholt worden war. Es trug den Titel *Beautiful Lonely* und wurde von einer der magischsten Stimmen der zweiten Hälfte des zwanzigsten Jahrhunderts interpretiert. Sie war stark und zart zugleich und erfüllt von Leben und letzten Endes so überwältigend, dass sie den Schauspieler, der sich als Journalist verkleidet hatte (der als LKW-Fahrer verkleidet war), dazu brachte, umzukehren und auf dem schnellsten Weg die Konzerthalle anzusteuern – wozu sich auch Coogan und der Zwerg jetzt entschlossen hatten, und auch Charline aus NY machte sich auf, und sogar Coogans Frau, die Cousine des Zwergs, Angel, kam. Die ganze Gruppe begab sich an diesen Ort, um ein Stück namens *Der ursprüngliche Tod einer Pop-Sängerin* zu sehen, von dem nicht einmal der Zwerg wusste, dass es bereits uraufgeführt wurde und das mit Josephine Rosenfeld in der Hauptrolle besetzt war, die so hell und weich und klar sang und tanzte und lebte, wie sie immer hell und weich und klar gesungen, getanzt und gelebt hatte. Es wog für alles auf. Und es war ein magischer Moment für alle, die beteiligt waren.

Raphael Rohner, St.Gallen

Raphael Rohner, St.Gallen.

Die einzige Art, Erdbeeren zu essen

Was die Organisation und die Konsumierung einer mehr oder minder öffentlichen Tanzgelegenheit, vulgo Party, voneinander unterscheidet, lässt sich in ein bis zwei Sätzen sagen. Da dieser Text aber mit zwei Sätzen nicht besonders lang wäre, werde ich mich nicht zu informativer Kürze anhalten, sondern das Thema möglichst breit treten, um dem Leser längerfristig kurzweilige Unterhaltung zu bieten.

Geschickt wäre es, wenn ich nicht gleich zu Beginn auf das Eigentliche zu sprechen käme. Ein kleiner Umweg über Autoreifen, Rockmusik und die einzige Art, Erdbeeren zu essen, während dem ich mich langsam vorarbeiten könnte, sollte nicht ungeschickt zu nennen sein. Ob es mir gelingt? Wir werden sehen.

Also: Autoreifen. Von denen weiss ich ehrlich gesagt nicht viel zu berichten. Muss ich mir folglich irgendwas aus den Fingern saugen, damit ich nicht schon am Ende des nächsten Absatzes mich gleichzeitig am Ende des ganzen Textes befinde, zusammen mit mir all die gespannten Leser, die sich auf ein Viertelstündchen geistreicher Unterhaltung eingestellt haben und nicht bereits nach dreissig Sekunden von mir im Regen stehen gelassen werden wollen. Sonst sind sie gezwungen, zu onanieren oder Kaufhäuser in die Luft zu sprengen oder ähnliches, nur damit ihnen nicht langweilig wird, und das wäre doch nicht schön. Soll ich nun meine Leserschaft mit Ausführungen über Dinge, von denen ich so gut wie überhaupt keine Ahnung habe, nerven, allein damit sie ihre Hände über der Bettdecke behalten? Das wäre nicht nett. Wie gut, dass niemand gezwungen ist, solcherart Zeilenschinderei zu lesen. Hört mal, ich mach euch einen Vorschlag: alle, die sich von mir nerven lassen wollen, lesen hier weiter, und der Rest kann diesen Absatz einfach überspringen und unten weiterlesen. Das geht, in echt jetzt! Man muss gar nicht immer alles lesen, was irgendein Idiot einem vorsetzt. Man kann auch was auslassen, überspringen, rückwärts lesen, umstellen, missverstehen, anders verstehen, ignorieren oder sonst was damit machen. Kann einem echt keiner verbieten. «Das Lesen ist ein anarchischer Akt» (Enzensberger), wobei in diesem Falle zu fragen wäre, wie weit es mit der Anarchie gekommen ist, wenn Papa Autor den kleinen Leser zur anarchischen Lesart auffordert. Doch lasst solch philosophische Spezialfragen an anderer Stelle besprochen werden.

Jetzt mal was ganz anderes: als ich gerade eben das Wort «philosophisch» schrieb, wünschte ich mir, unsere Rechtschreibung wäre mal richtig reformiert worden. Ich bin vor kaum zwanzig Minuten aus den Federn gekrochen und soll jetzt schon wissen, ob man dieses Wort, über das ich nicht noch einmal nachdenken und folglich auch nicht noch einmal ausschreiben werde (der Leser mag sich einen schwarzen Stern ans Revers heften und zurück an den Beginn des Absatzes springen, falls es ihn bockt, dieses Wort ein weiteres Mal zu lesen, denn «das Leben ist ein anarchischer Akt» [Enzensberger]), ob man es also mit ph oder pf oder mit sonst irgendwelchen Eigenarten schreibt. Wozu das Ganze? Ich spreche f, warum sollte ich nicht auch f schreiben? Bloss weil das Bildungsphilistertum meint, man müsse dem Wort ansehen, dass es original aus dem Grönländischen kommt? Das weiss doch sowieso jeder, und wer es nicht weiss, schaut halt in einem Herkunftswörterbuch nach.

Aber das sieht so falsch aus, höre ich die Intelligenzia unseres Landes rufen. Alles Gewöhnungssache, sag ich da. Als progressiver Literat werde ich nun den Lesern Gelegenheit bieten, sich an die neue Schreibweise zu gewöhnen. Zartbesaitete Gemüter möchte ich warnen und dazu auffordern, im übernächsten Absatz die Augen zu schliessen oder ihn ganz zu überspringen («Das Lesen ist ein anarchischer Akt» [Enzensberger]), denn ich werde in ihm das Wort «philosophisch» mit f schreiben. Mit zwei f sogar. Hier also das Wort: filosofisch.

Und, hat's wehgetan? Ja? Wirklich?? Das sind nur Phantomschmerzen, denn Rechtschreibung tut nicht weh, das weiss doch jedes Kind. Genauso wie zum Coiffeur gehen nicht wehtut, obwohl man dort sogar was abgeschnitten bekommt.

Diejenigen, die trotzdem Angst vor dem Mann mit der grossen Schere haben, sollten am besten zu dem Coiffeurladen bei uns am Eck gehen. Dem Besitzer des Ladens scheint die beruhigende Wirkung von Musik nicht unbekannt zu sein. So, wie man bei vorbildlichen Zahnärzten über Kopfhörer seinen Lieblingsmelodien lauschen darf, um nicht von dem unschönen Geräusch des Bohrers erschreckt zu werden, beschallt auch dieser Friseur seine Kundschaft mit den lieblichen Klängen des Techno-Musik-Genre. Dadurch gehört das nervenzerrüttende Schnipp-Schnapp der Schere, wie wir es noch alle aus unserer Kindheit kennen, endgültig der Vergangenheit an. Die Lautstärke, in der die Beschallung vollführt wird, lässt ausserdem jegliche Art örtlicher Betäubung überflüssig werden. Ein Grund für mich, meine Haare woanders schneiden zu lassen, denn ich bin für technische Musik nicht aufnahmefähig. Mein Ohr ist nicht in der Lage, sie als eine angenehme Schallvariante wahrzunehmen, was wahrscheinlich daran liegt, dass der Schall in meinem Ohr nicht von Hammer, Amboss und Steigbügel übertragen wird, sondern von Sex, Drugs and Rock'n'Roll. Doch wenn die jungen Menschen von heute sich mit den kommerziell aufbereiteten Rhythmen einer alten Bosch-Waschmaschine vergnügen wollen, wäre ich der letzte, der es ihnen verbieten möchte. Das Leben ist so überreich an Eigenheiten und Besonderheiten, und wir sollten uns den Luxus gönnen, es in seiner Verschiedenheit zu geniessen und dabei uns selbst einen bunten Teller vom warmen Buffet der Schöpfung zusammenstellen, ungeachtet dessen, ob das immer so hundertprozentig zusammenpasst, was wir da auf den Teller schaufeln, denn «das Leben ist ein anarchischer Akt» (Enzensthaler).

Meiner Meinung nach aber sollten Sexualität, bewusstseinsverändernde Substanzen und altmodische Tanzmusik die elementaren Bestandteile einer erheiternden Feier sein.

Im Vorfeld solch einer Festivität sind die wichtigste Fragen für den Organisator und die wichtigste Frage für den Konsumenten komplementär. Während der Organisator die ganze Zeit denkt: «Kommt wohl wer?», fragt sich der Konsument: «Soll ich wohl hingehen?» Besonders der Zweifel, ob man auf einer Fete erscheinen sollte, ist mehr als verständlich. Denn wie läuft normalerweise eine Party ab? Man kommt rein, kennt keinen, stellt sich mit einem Bier in eine Ecke, kennt immer noch keinen, stellt sich mit einem zweiten Bier in eine andere Ecke (vielleicht auch in dieselbe, das ist im Prinzip egal), guckt so ein bisschen rum, kennt allerdings niemanden, holt sich noch ein Bier, stellt sich damit irgendwo hin, trinkt das Bier, guckt, ob man nicht vielleicht irgendjemanden kennt, falls nicht, holt man sich noch ein Bier, mit dem man dann irgendwo ein bisschen rumsteht, und am nächsten Tag wacht man vollkommen verkatert neben einem Menschen auf, der genauso peinlich berührt ist wie man selbst.

Doch das muss nicht sein! Kostenlose Gesellschaftsspiele können aus jedem langweiligen Rumgestehe einen Abend machen, an den sich die Gäste noch lange gern erinnern werden. Wenn zum Beispiel die Organisatoren der Party um zwölf Uhr alle Minderjährigen nach Hause schicken und daraufhin die übrigen Gäste auffordern, sich zu entkleiden, ist mit einfachen Mitteln eine Gelegenheit geschaffen, den Abend einmal anders zu verbringen als gewohnt. Doch bereits an dieser Stelle sollen die Organisatoren sich einer ordnenden Hand enthalten und dem Ideenreichtum ihrer Gäste freien Lauf lassen, denn «das Feiern ist ein anarchischer Akt» (Enzensberger). Sie werden darauf vertrauen können, dass sich ein unterhaltsames Rudelgevögel entwickeln wird, bei dem jeder seinen Launen und Neigungen nachgeht.

Dabei sei erwähnt, dass man auch in privater Zweisamkeit seinen Neigungen nachgehen kann. Dies ist nicht nur erlaubt, solange es beiden gefällt, es ist sogar zu wünschen. Man muss gar nicht immer in Missionarsstellung verharren! Es gibt so viel verschiedene Möglichkeiten der Begegnung. Wer's mag, kann sich sogar interdisziplinär vergnügen und zusätzlich zur genitalen Befriedigung der oralen Sinnesfreude frönen, zum Beispiel indem er den Bauchnabel oder eine vergleichbare Körperöffnung des Partners mit gesüsster Schlagsahne füllt, mit einer Erdbeere garniert und essenderweise wieder leert. Der Phantasie seien keine Grenzen gesetzt, denn «das Vögeln ist ein anarchischer Akt» (Eisenhauer).

Ein gewichtiger Vorteil eines trauten Beisammenseins mit dem Menschen seines Herzen im Gegensatz zu der Organisation einer Geselligkeit ist, dass man nicht Unmengen schwerer Bierharasse aus irgendeinem Geschäft an irgendeinen andern Ort schleppen muss, sondern sich mit einer Flasche Rotwein, etwas Kerzenlicht, einigen Kondomen, ein paar Handschellen, ein oder zwei Massagestäben, einer Peitsche, einem Klistier, schwarzer Latexwäsche und eventuell ein paar Erdbeeren mit gesüsster Schlagsahne bescheiden kann. Man kann sogar vermuten, dass zuviel Bier zuviel des Guten ist, weil sein Konsum zu zweit den Abend allenfalls schneller enden lässt, als man es sich ursprünglich erwünscht hat.

Der Vorteil einer Party hingegen ist, dass man eventuell mit bisher unbekannten Menschen in Kontakt gerät und das Interessanteste eines Abends zu zweit auch noch erleben darf. Allerdings nur, wenn man als Gast erschien, denn als Gastgeber kann man sich nicht einfach verdrücken und Spass haben, sondern muss ein wenig für Ordnung sorgen, die Kotze vom Klorand kratzen, das Bier kaltstellen und vor allem irgendwann alle rauswerfen. Spätestens dann, wenn einem das ganze besoffene Gesocks den letzten Nerv geraubt hat.

Übrigens hatte ich während der letzten anderthalb Seiten gehofft, mir würde noch etwas zu Autoreifen einfallen. Ist mir aber nicht.

P.S.: Das Wort, das nicht mit zwei f geschrieben wird, kommt natürlich auch nicht aus dem Grönländischen. Wer's genau wissen will, findet dazu nähere Erläuterungen im Duden Band 7, Herkunftswörterbuch, in der 2., völlig neu bearb. u. erw. Aufl. von 1989 auf Seite 527f.Das Gegenüber kann es spüren. Hört doch auf, euch selbst zu betrügen.

Wo soll es euch hinführen?

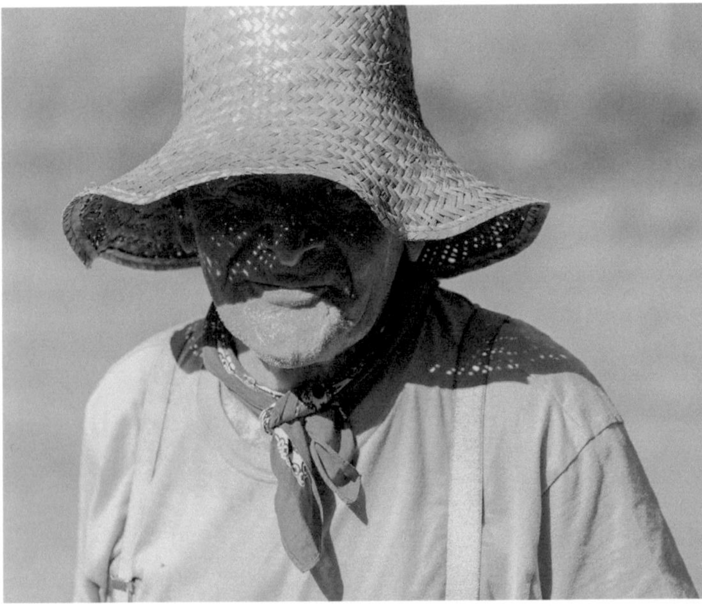

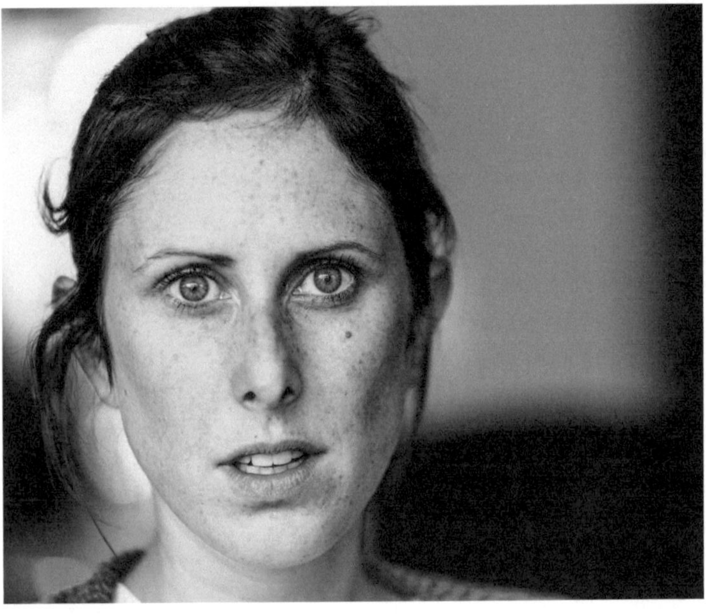

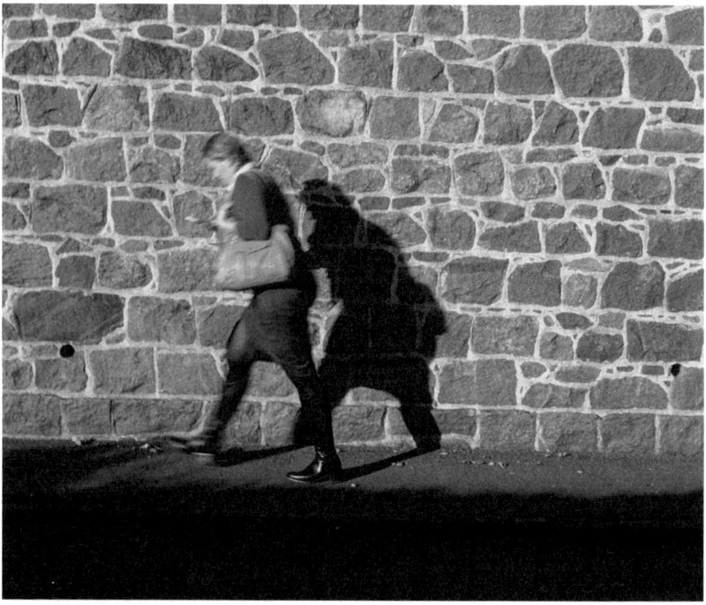

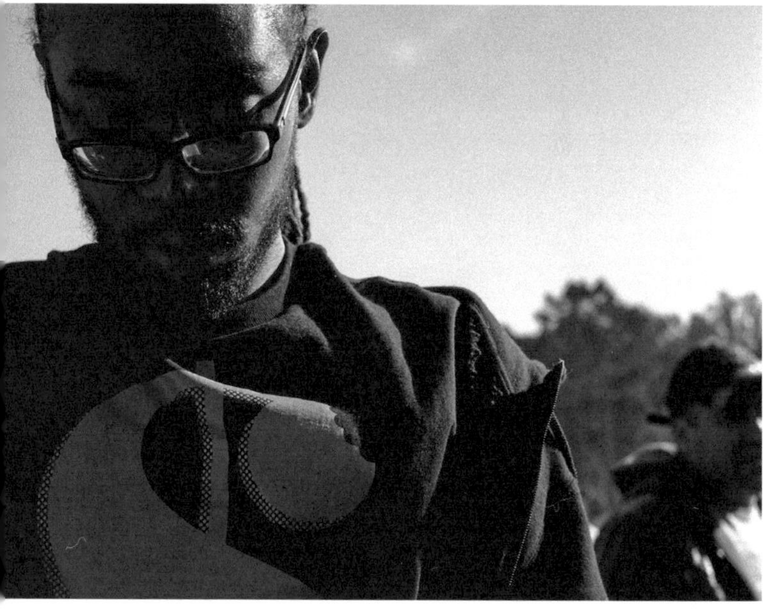

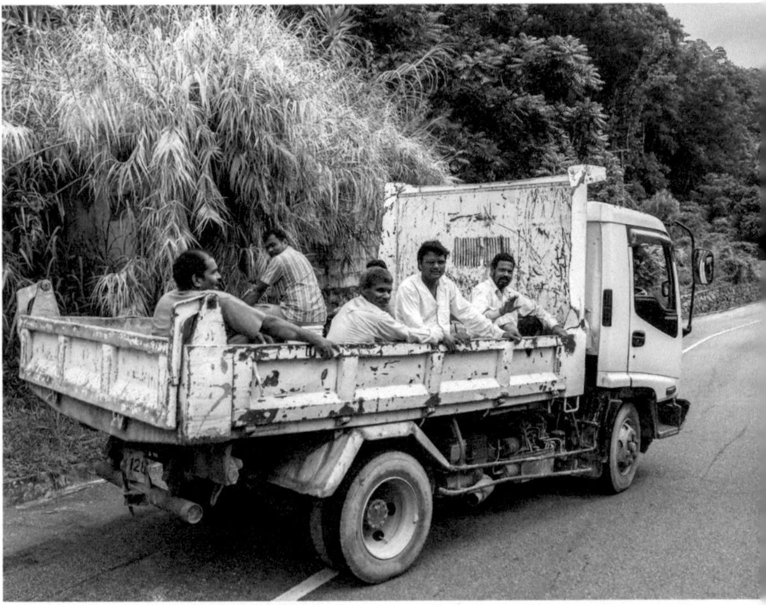

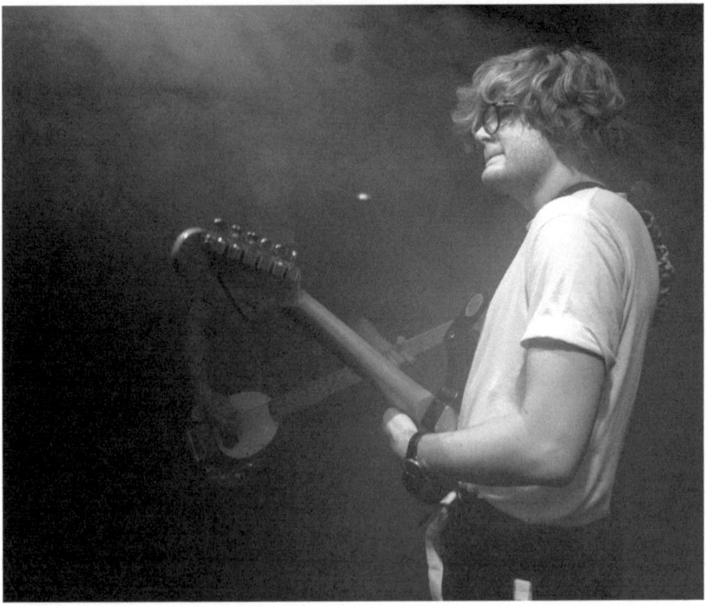

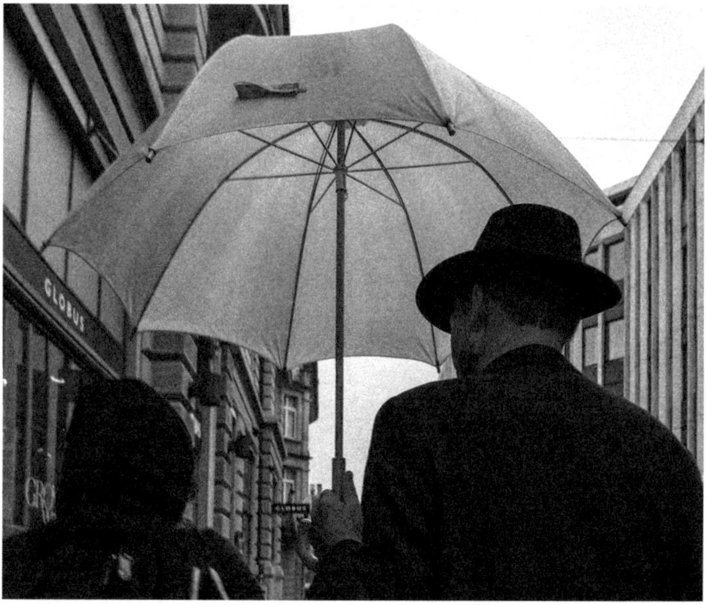
GLOBUS

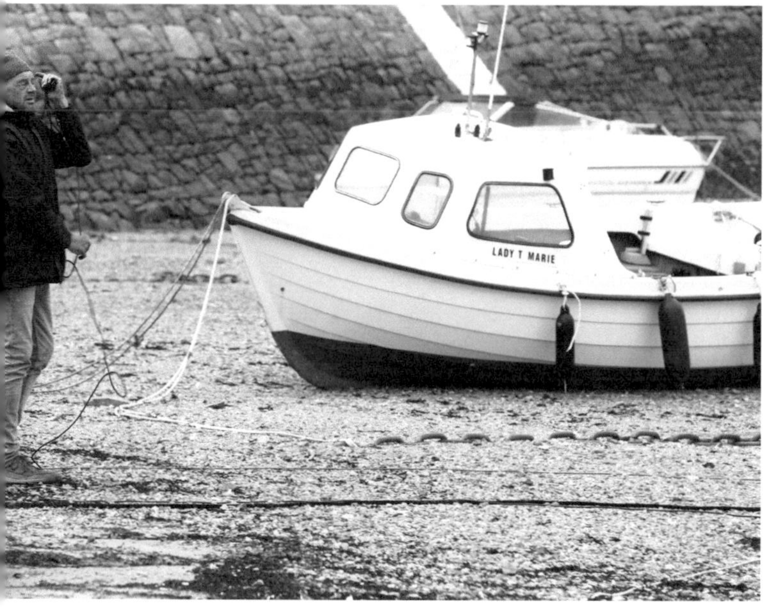
LADY T MARIE

Blick
Blick
24 neue Millionäre gesucht.
MILLIONEN LOS
DIE POST

Biene und Maikäfer

Irgendwann einmal, s'geschah,

es ist noch nicht so lange her,

da knallte eine Biene in die Scheibe einer Tür.

Es dauerte zehn Minuten, bis sie realisierte,

dass sie sich momentan in einem Wohnzimmer aufhielt.

Verirrt und verwirrt sucht sie verzweifelt nach dem Ausgang und

verliert ein Stück Hoffnung mit jedem weiteren Aufprall.

Irgendwann lässt ihre Kraft nach, sie macht auf einmal schlapp

und sagt zu sich selbst:

«Herrgott heute kratz ich ab.»

«Halt, das muss doch gar nicht sein!»,

hört sie ́ne Stimme hinter sich.

Die Biene dreht sich um und schaut ́nem Maikäfer ins Gesicht.

«Wa-was sagst du da? Kannst du mir tatsächlich helfen?»

«Na klar, ich wohne hier und das da hinten ist mein Häuschen!

Flieg einfach gerade aus und dann scharf rechts vor der Pflanze

und ehe du dich versiehst, bist du auch schon wieder draussen.»

«Hurraah!», die Biene hat's geschafft
und hat seit jenem Tag oft an den Maikäfer gedacht.
Eines Tages da beschliesst sie,
sich bei ihm zu bedanken
und macht sich auf den Weg, um etwas Honig ihm zu schenken.

Plötzlich stösst sie auf Nebel,
sowas hatte sie noch nie erlebt.
Auf einmal wird ihr übel,
hat Angst, dass sie sich übergibt,
jetzt wird ihr auch noch schwindelig,
alle Dinge drehen sich
und sie taumelt im Flug,
verliert Bewusstsein und Sicht.

Als sie die Augen wieder öffnet,
sieht sie über sich ´ne Frau,
sie zieht an einer Zigarette,
aus der Nase bläst sie Rauch.
«Also ist sie der Übeltäter», stellt die Biene fest.
«Dann versuche ich es später»
und sie fliegt zurück zum Nest.

Als die Biene wieder kommt,

ist die Frau noch immer da und prompt,

verheddert sich die Biene in ihrem Haar.

Die Frau kreischt

und greift nach einer Fliegenklatsche.

Au weia, jetzt sitzt die Biene echt in der Patsche!

Sie weicht aus, rechts, links,

dann flieht sie nach oben,

«Also gut, den Maikäfer, den besuch ich morgen.»

Sie tut es, doch am nächsten Tag ist es schlimmer,

die Frau kommt mit ´ner Sprayflasche aus

dem Zimmer!

Sie spritzt drauf los und trifft auf den ersten

Schlag und die Biene fällt gleich in einen

komatösen Schlaf.

Als die Biene wieder zu sich kommt,

muss sie sich erstmal fassen.

Und stellt dann eben fest,

dass sie sich ganz gelassen

auf den Weg zum besagten

Wohnzimmer machen kann,

denn von der Frau fehlt jegliche Spur

auf dem Balkon.

Also fliegt die Biene los,

die Freude riesengross,

doch als sie im Zimmer ist,

stellt die Biene fest:

Sie war zur falschen Zeit am rechten Ort,

denn es war mittlerweile Juni und der Maikäfer…

tot.

youtube.com/watch?v=9vqewnIIJ9U

M63 – Die Sonnenblumen-Galaxie

Messier 63, oder auch Sonnenblumen-Galaxie genannt, ist eine Spiralgalaxie und liegt ca. 27 Millionen Lichtjahre von der Erde entfernt.

Das bedeutet, das Bild, dass man hier sieht, ist schon 27 Millionen Jahre alt! Denn so lange brauchte das Licht dieser Galaxie um zur Erde zu reisen, wo es schliesslich von meiner Kamera aufgefangen wurde.

Die Galaxie selbst ist etwas kleiner als die Milchstrasse – unsere eigene Galaxie. Sie hat die 110-milliardenfache Masse unserer Sonne und fliegt mit 480km/s von uns weg.

Aufgenommen wurde dieses Foto aus Abtwil SG, Schweiz aus dem Garten meiner Eltnern mit einem 8" RC Teleskop, einer Spiegelreflex-Kamera und einem motorisierten Ständer. Das Bild ist eine Langzeitbelichtung mit 9h totaler Belichtungszeit, aufgenommen über 3 Nächte hinweg.

Die beiden Galaxien M81 & M82

Die beiden Galaxien M81 und M82, auch «Bode's Galaxy».
Beide Galaxien sind etwa 12 Millionen Lichtjahre von der Erde
entfernt. Das heisst, dieses Bild zeigt, wie diese Galaxien vor 12
Millionen Jahren aussahen! Das Licht braucht diese Zeit, um die
Distanz zwischen Bode's Galaxy und uns zu überbrücken.

© Tino Heuberger

Messier 51 – Whirlpool-Galaxie

So sieht es aus, wenn sich zwei Galaxien so nahe kommen, dass sie beginnen, miteinander zu interagieren.

Die beiden Galaxien, welche zusammen als das Objekt Messier 51 bzw. Whirlpool-Galaxie bekannt sind, kamen sich so nahe, dass sie die Struktur der anderen Galaxie stark beeinflussten. Zwischen den beiden Galaxien hat sich gar eine «Brücke» von Sternensystemen gebildet, die einen Materialaustausch ermöglicht. Gleichzeitig werden auf den gegenüberliegenden Seiten der Galaxien die Sternensysteme weggeschleudert.

Durch den Materialaustausch entstehen viele neue aktive Regionen in der Galaxie, was zu vielen neuen Sterngeburten führt. Eine aktive Region ist ein sehr grosser Nebel, der hauptsächlich aus Wasserstoff besteht. Der Wasserstoff verdichtet sich im Nebel, bis er so dicht wird, dass eine Kernfusion zündet und ein neuer Stern geboren wird.

Dieses Spektakel findet ca. 30 Millionen Lichtjahre von der Erde entfernt statt.

Das Bild wurde aus dem Garten meiner Eltern in Abtwil SG aufgenommen. Als Teleskop habe ich ein «GSO RC8» verwendet und als Stativ das Celestron Advanced VX. Die Kamera war eine Moravian G2-8300 schwarz-weiss CCD.

Die RGB-Kanäle wurden jeweils mit 1 x 600s belichtet, für Luminance wurden 12 x 600s verwendet.

Da es sich um eine Schwarz-Weiss-Kamera handelt, wurden die RGB-Kanäle separat aufgenommen. Dazu wird ein Filter vor die Kamera geschoben, welcher nur eine Farbe, zum Beispiel Rot durchlässt. So erhält man ein Schwarz-Weiss-Foto für den roten Kanal, welches man dann mit den anderen Kanälen kombinieren kann um ein komplettes Farb-Foto zu erhalten.

Fotografie: Raphael Rohner

Ein Händchen für Füsse

Um ihrer Faszination für Füsse Ausdruck zu verleihen, baute sie in der Abschlussarbeit des Podologie-Lehrgangs besonders viele Fussnoten ein.

Es war nicht bloss ein Fetisch, es war – und dieses starke Wort trifft zu – Liebe. Worauf diese fusste, wusste sie selbst nicht – aber wer weiss schon, wieso man das, was man verehrt verehrt?

Sie zog das Fuss- dem Schaumbad vor, schaute Fussball, selbst spielte sie Hacky-Sack, da es barfuss betrieben wird. Denn Schuhe, das war ihr schon immer klar gewesen, sind Gefängnisse für Füsse. Auch Socken trug sie nur, wenn es besonders kalt war. Zu ganz besonderen, also seltenen Gelegenheiten, wenn sie Haut, aber nicht zu viel davon, zeigen wollte, zog sie sich Sandalen an – oder in ihren Worten: Fuss-Dessous. Eine Taktik, die schon manchen Verehrer schwach werden liess. Doch ihre Liebhaber verschwanden schnell, sobald sie von ihrer gewöhnungsbedürftigen Leidenschaft Kenntnis nahmen. Traurig machte sie dies nicht, andere Mütter hatten auch Söhne mit schönen Füssen. Ausserdem besass sie immer noch ihre eigenen Füsse, das reichte ihr.

Wie es bei Vernarrten üblich ist, neigte sie zur Übertreibung: Sie behauptete beispielsweise, sie trinke gerne Fusel, weil das so schön nach Fuss klang,

und im Tram las sie, aus selbem Grund, und für alle
gut sichtbar, Lukas Bärfuss (bei Weitem nicht ihr
Lieblingsautor, aber dass musste niemand wissen).
Auch zählte sie Distanzen nicht in Metern, sondern
feet.

Dass ihre Liebe genuin und uneingeschränkt gül-
tig war, zeigte sich daran, dass herausfordernde An-
blicke von Klump- oder Plattfüssen sie nicht ekelten;
es hatte schon zu schwierigen Situationen geführt,
als sie Menschen mit fehlgebildeten Füssen anstarr-
te und ausfragte, sich beschimpfen lassen musste,
obwohl sie bloss wissbegierig war.

Man erwischte sie nie auf dem falschen Fuss (fal-
sche Füsse gibt es nicht!) – nein, sie war gut zu Fuss,
und gut zu Füssen: Sie fand Zehenspitzen spitze,
dichtete für Fersen Verse und selbst ein schlechter
Fussabdruck war für sie jedem Passfoto überlegen.
Das Leben, so rief sie in die Welt, war eine Fussmas-
sage, die es leichtfüssig, doch nicht auf leisen Sohlen,
zu geniessen galt.

Fotografie: Barbara Guth, St.Gallen

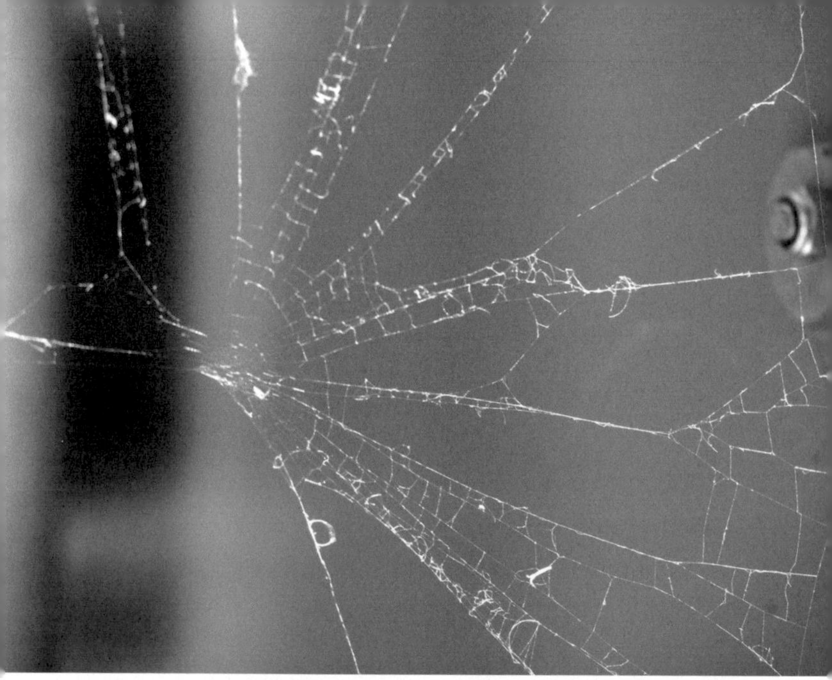

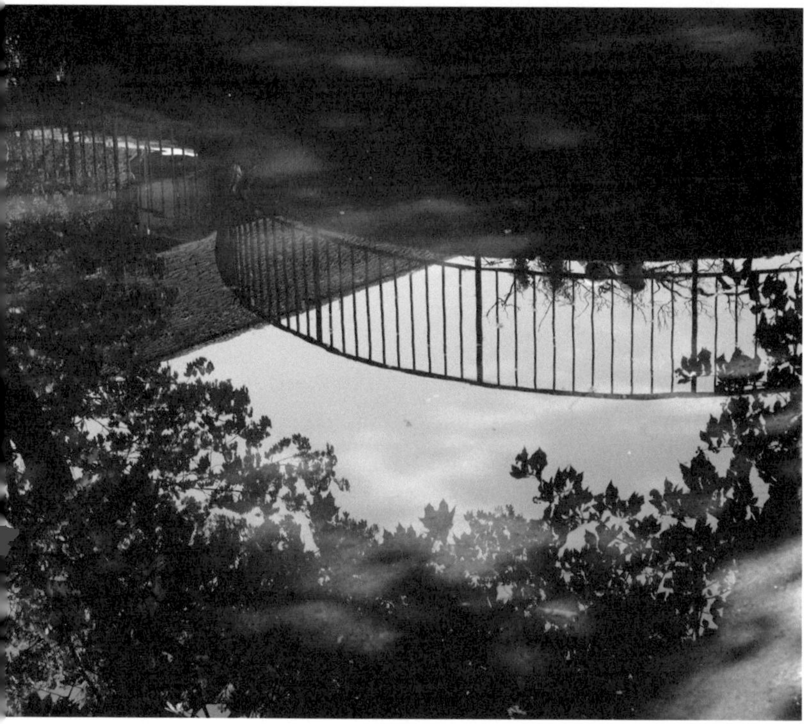

Lauf des Lebens!

Er lief um sein Leben.

Setzte mühsam einen Fuss vor den anderen, tappende Schritte auf dem unebenen Bürgersteig. Nur raus, war sein letzter Gedanke gewesen. Bevor «sie» ihn umbrachten. Dass «sie» dies tun wollten, war klar. Auch wenn ihm niemand bisher geglaubt hatte.

Was hatte er alles angestellt, um Gehör zu finden: geschrieen, getobt, dann wieder apathisch in einer Ecke sitzend dumpfe Verwünschungen gemurmelt. Voller Wut hatte er gegen die Türe gehämmert, wieder und wieder. Doch weder reagierte jemand auf seine verzweifelten Bemühungen, noch wurde die verschlossene Türe geöffnet.

«Sie» hatten ihn einfach festgesetzt. Dass es mehrere sein mussten, lag auf der Hand. Mit einem dieser Strolche alleine wäre er spielend fertig geworden. Immerhin hatte er seit seiner frühesten Jugend immer viel Sport getrieben.

Er verbarg sich im Schatten eines Toreingangs und betrachtete argwöhnisch die vorbeieilenden Menschenmassen am Friedrich-Wilhelm-Platz. So viele Leute waren doch sonst nie hier. Und wie die alle angezogen waren. Mädchen in knappen Blusen, mit offenliegendem Nabel. Knaben mit langen Haaren und Zigaretten lässig in den Mundwinkeln. Alle schleppten Einkaufstüten oder Aktentaschen. Als wenn es etwas umsonst gab.

Sicher waren dort etliche Agenten von «ihnen», die nur darauf warteten, ihn wieder einzufangen. Oh ja, die Spielchen kannte er. Lange genug hatte er heimlich agiert. Immer auf der Flucht, immer voller Angst. Spitzel und Denunzianten gab es immer noch, inzwischen sicherlich viel besser getarnt.

Er konnte keinem trauen, vielleicht noch nicht einmal sich selbst.

Während seiner Gefangenschaft hatte er Halluzinationen gehabt. Seltsam verzerrte Lebewesen waren hereingekommen. Dann hatten sie ihm Essen und Trinken hingestellt, dafür aber seine Kleidung mitgenommen. Jetzt trug er einen halb zerrissenen Pyjama, darüber einen verwaschenen, viel zu kleinen Mantel und eine zu grosse Hose. Noch nicht einmal einen Gürtel hatten sie ihm gegeben, diese Schweine. Immerhin waren die Füße geschützt. Socken und ein Paar alte, ausgetretene Cord-Pantoffeln.

Wo sollte er jetzt hin? Duisburg war keine Kleinstadt, trotzdem gab es bei weitem nicht mehr so viele und gute Verstecke wie früher. Er musste unbedingt nach Ruhrort kommen – dort kannte er sich aus, dort waren seine Freunde, die ihm helfen würden. Im Hafengebiet konnte er untertauchen. Die alten Kumpel – er freute sich schon jetzt, sie wiederzusehen.
Aber vielleicht....nein, garantiert nicht! Nicht seine Freunde! Niemals würden sie ihn an diese Schweine verraten, niemals! Niemals?

In einem der seltenen Augenblicke, in denen er sich absolut stark und kräftig gefühlt hatte, waren die Wesen erneut in sein Zimmer eingedrungen. Unvorsichtigerweise hatten die Beiden nicht sofort wieder hinter sich abgeschlossen. Mit dem Mut der Verzweiflung war er an ihnen vorbei gestürmt, jedem der beiden Bewacher einen Stoss mit den Ellbogen versetzend, so dass sie hinfielen wie umgeworfene Kegel. Nur kurz hatte er sich orientieren müssen. Weiter die Treppe herunter und dann – frei!

Einige junge Mädchen an der Bushaltestelle schauten ihn an und begannen mit einander zu flüstern. Blöde Weiber!

Konnte er etwas dafür, dass man ihm seinen guten Anzug weggenommen hatte?

Er musste so tun, als sei es völlig normal, in Pantoffeln spazieren zu gehen.

Vorsichtig schlurfte er am Fischgeschäft entlang, besah sich die Auslagen an Bismarckhering, Fischfilet und begutachtete einen lebenden Hummer, der in einem kleinen, durchsichtigen Bassin lag. Armer Kerl! Am liebsten würde er ihn mitnehmen, befreien - so wie er jetzt auch endlich wieder frei war.

Sein Spiegelbild vermischte sich mit dem Abbild von Schillerlocken und Seezungen. Himmel, er sah ja wirklich aus wie der letzte Penner! Was hatten diese Schweinehunde mit ihm gemacht? Er hatte noch nie graue Haare, und auch noch so wenige, besessen. Und dann diese ganzen Falten... hatten die ihm etwa ein anderes Gesicht anoperiert? Und wenn ja, warum?

Er hatte doch niemandem je etwas Schlechtes getan!

«Kann ich Ihnen irgendwie helfen?»

Er fuhr erschrocken aus der Betrachtung des Hummers hoch. Eine Frau, beladen mit Einkaufstüten und einem Lächeln im Gesicht, musterte ihn aufmerksam. «Haben Sie sich verlaufen?»

Ihre Stimme war sanft. Er musste augenblicklich an seine Mutter denken, auch sie hatte eine so sanfte Stimme gehabt. Sogar die Tonlage war ähnlich.

«Wo wohnen Sie denn?»

Halt, er musste vorsichtig sein. Er durfte niemandem trauen! Erst recht nicht dieser verführerischen Stimme. Wahrscheinlich war die Frau auch eine Agentin von «ihnen». Alles nur ein Trick!

Dabei hätte er sich so gerne einfach in den Klang dieser Stimme fallen gelassen. Er war müde und erschöpft.

Er schaute sich seine Hände an. Knorrig, abgearbeitet, mit Gichtknochen und Altersflecken übersät. Verdammt, diese Typen hatten ihm irgendetwas gegeben, was ihn alt aussehen liess!

Die Frau sprach weiter beruhigend auf ihn ein. Die Einkaufstaschen standen jetzt an die Hauswand des Fischgeschäftes gelehnt. Auch er neigte seinen Kopf und spürte das kalte Glas an der Stirn. Wie ein lauer Wörterregen rieselte die Anteilnahme der Fremden über ihn.

Schlafen – eigentlich wollte er nur noch schlafen. Er liess sich langsam nieder, mit schmerzenden Knochen und setzte sich auf den Bürgersteig. Dann schloss er die Augen. Genoss das barmherzige Plätschern der Worte, vergass seine Umgebung, sank immer tiefer in einem schwarzen, erholsamen Strudel. Die Geräusche der Stadt, die Frauenstimme, alles drang nur noch wie durch einen dichten Vorhang in sein Bewusstsein.

Er bemerkte kaum, dass zwei Sanitäter und ein Notarzt ihn vorsichtig auf eine Trage legten, anschnallten und in den Rettungswagen trugen.

Plötzlich spürte er die zarten Hände seiner Mutter auf der Stirn, wie sie sanft seine Haare zurückstrich.

Noch einmal das Streicheln, er hörte die Stimme einer Frau mit einem leisen Seufzen in der Stimme: «Er hat mich an meinen Vater erinnert. Voller Angst war er.»

Dann hörte er eine Männerstimme sagen: «Vielen Dank noch mal! Die meisten Leute gehen einfach vorbei, wenn jemand auf dem Gehweg liegt. Wir bringen den Mann erst einmal ins Vincenz-Krankenhaus, da wird man sich um ihn

kümmern. Ich glaube, er kommt sogar von dort … ist ja auch
nur um die Ecke, das Krankenhaus.»
Irgendjemand nestelte an seinem Kragen herum.
«Ah ja, im Mantel ist ein Aufkleber des Krankenhauses.
Geriatrisch-psychiatrische Abteilung.»

Mühsam öffnete er seine Augen ein klein wenig. Sah seine
Mutter. Sie drehte sich um und ging mit kleinen, schwerfäl-
ligen Schritten davon, während sie murmelte: «Sogar vor
uns hatte er Angst.»

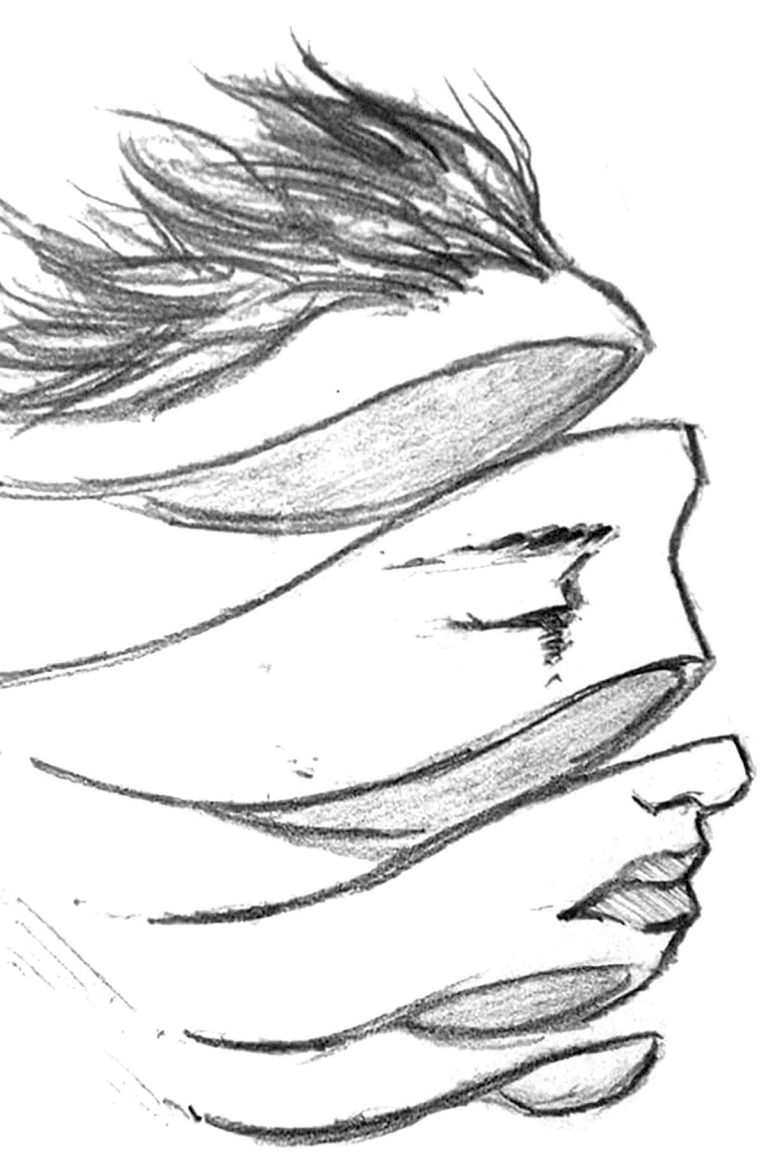

Der Tod, er flieht

Wenn dem Körper, die Seele aus dem Leibe fliegt
es scheint dann das, dass Ende naht
der Tod demnach am Leben zieht
davor noch ein guter Rat

Du kannst dich heben und auch verweigern
du kannst dich wehren oder bleiben
du kannst dich fassen oder lassen
doch eines kannst du nicht, dich im Leben hassen

Die Angst, die im Leben mitgegeben
das Leben spielt dir manch einen Streich
die Seele bleibt am Körper kleben
sie fühlt sich an, meist zart und weich

Der Tod, er hat dir nichts zu sagen
der Tod, er muss dich höflich fragen
Möchtest du bleiben und hier verweilen
möchtest du hier noch etwas bleiben
willst du lieben oder willst du hassen,…
oder willst du einfach so vom leben ablassen?
Man sollte es jedoch nicht verpassen
Das Universum ist unendlich gross
und trägt in sich verschiedene Rassen

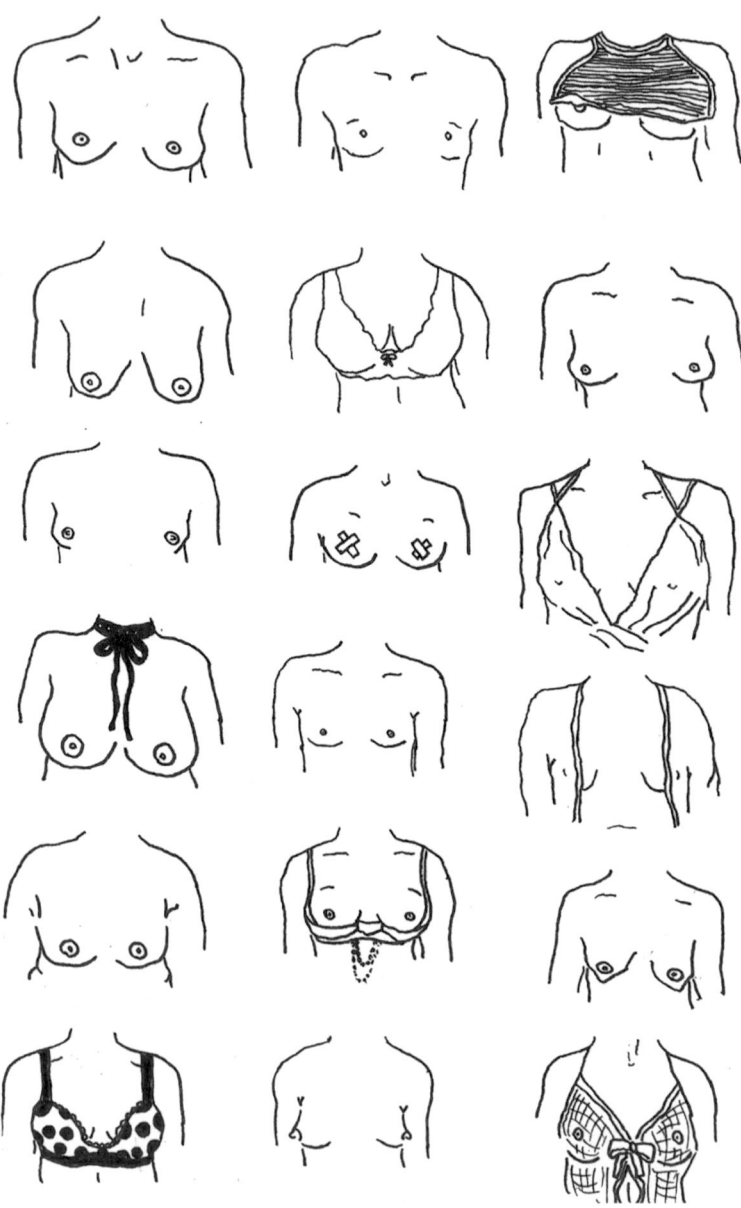

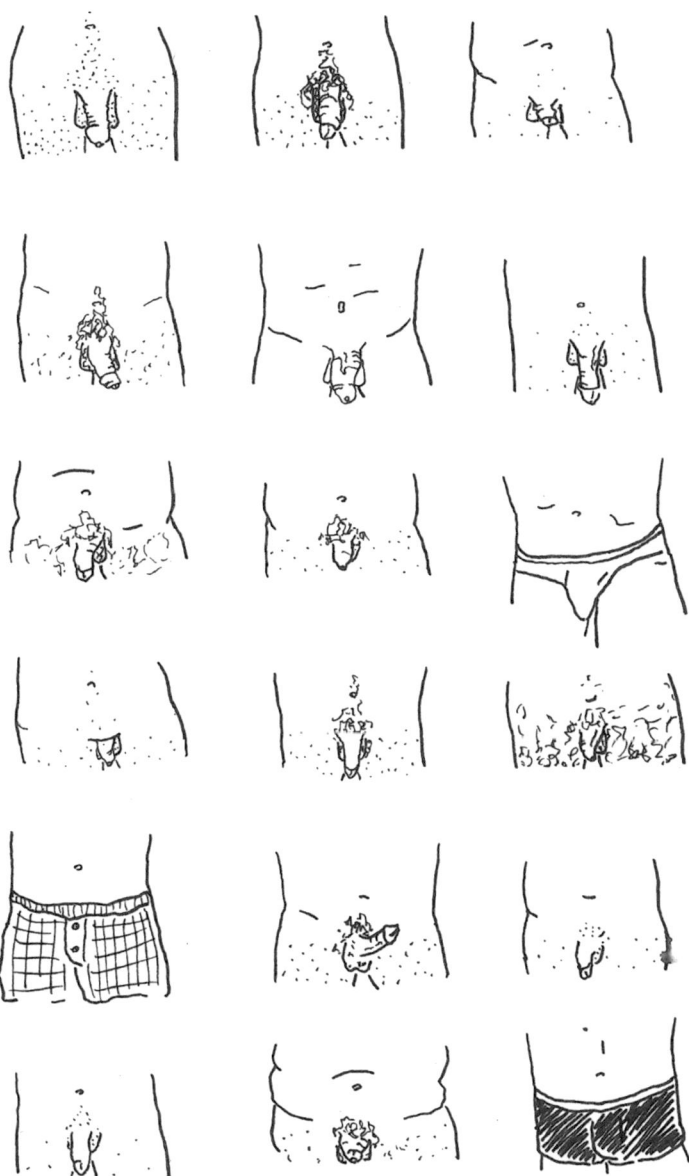

von Uteri und anderen Gewölben
– eine poetische Anmoderation
für das Lied Womb von Elio Ricca

Sphärischi Gitarre-Kläng
entfüehret di in en Gwölb-Cheller; [1]

doch de Sound isch no verzerrt:
e harmonischs Mitenand
vo Ruusche und Chratze. [2]

Denn en Moment vo Stilli;
gfolgt vonere sanfte Melodie,
wo Grosses verchündet. [3]

S'Ganze steigeret sich
zumene erschte chline Höhepunkt. [4]

Im Dezember wählen die Radioleute von toxic.fm ein persönliches Lieblingslied aus den Veröffentlichungen des vergangenen Jahres. Der Favorit wird dann in der Rubrik «Song of the Year» vorgestellt. Die nachfolgende Anmoderation entstand im Rahmen dieser Rubrik.

1 Aufgenommen wurde das Lied im Proberaum der Band – einem Gewölbekeller. Der Vorspann des Liedes erinnert ans Ein-stimmen der Instrumente vor der Probe und führt den Hörer damit in die Geburtsstätte der Aufnahme.

2 Die Klänge im Vorspann sind zwar noch verzerrt; klingen allerdings schon komponiert, also harmonisch.

3 Nach zirka 20 Sekunden verstummt der Vorspann. Die Bühne wird der eigentlichen Melodie überlassen. In diesem Teil des Liedes wird die E-Gitarre noch nicht all zu stark verstärkt und erklingt vergleichsweise sanft.

4 Das Intro steigert sich innerhalb von vier Wiederholungen zu seinem unweigerlichen Höhepunkt: einem ersten Paukenschlag.

Ahschlüssend setzt de Herz-Schlag ih: [5]

s'Schlagzüg spielt so luut,
dass es din ganze Körper durchdringt. [6]

D'Gitarre chratzt
und katapultiert di
i andri Dimensione. [7]

Denn wieder Stilli
– nur en unendliche Moment lang. [8]

D'Auge gönd uf und du realisiersch,
dass imene Probe-Ruum stohsch. [9]

Um di ume d'Jugend,
i ihrere ganze Schönheit. [10]

5 Das Schlagzeug setzt ein. Wie das rhythmische Schlagen eines Herzens wird es den Hörer bis ans Ende des Liedes begleiten.

6 Die Schallwellen, welche das Schlagzeug erzeugt, durchdringen den Hörer mehr und mehr. Man kann das sanfte Pochen der Drumline auf der eigenen Brust fühlen.

7 Zeitgleich zu den kräftigen Schlägen des Schlagzeugs erklingen die kratzigen Töne der E-Gitarre: eigenartige Klänge, die den Hörer in fremde Gefilde entführen.

8 Nach dem ersten Refrain erstirbt die Melodie für den Bruchteil einer Sekunde. Der Hörer wird einen Moment lang, sehnsüchtig auf neue Klänge wartend, zurückgelassen.

9 Der Verfasser gelangt aus seiner Ekstase zurück in die Gegenwart; öffnet die Augen und nimmt seine Umwelt wahr. Hier ist konkret die Plattentaufe im Proberaum der Band gemeint, an der der Verfasser anwesend war.

10 An der Plattentaufe waren vor allem Jugendliche anwesend.

Dusse zieht d'Stadt vorbi, [11]

aber do inne, do inne (!),
dränged sich jungi, verschwitzti Körper anenand
und wipped sanft
zum alles durchdringende Sound. [12]

De Gruch vom Rauch
vermischt sich mit dem vom Bier
und vom Schweiss
und komponiert e einzigartigi Symphonie; [13]

e Symphonie wo alles ilullt
i dem Gwölb-Cheller,
wo di umgit und schützt
wie en Uterus. [14]

11 Vor dem Gebäude, in dem der Proberaum ist, befindet sich eine der meistbefahrenen Strassen St.Gallens – die Rosenbergstrasse. Diese symbolisiert den stressigen und hektischen Alltag.

12 Die Gewölbemauern wirken als Barriere zwischen dem Alltag draussen und dem Proberaum im Inneren des Gebäudes, wo Jugendliche ausgelassen zur Musik tanzen.

13 Ein Konzert wird nicht nur akustisch und visuell wahrgenommen; auch der vorherrschende Geruch brennt sich in die Erinnerung ein. Mit dem Beschrieb der Gerüche wird ein gesamtheitlicheres Bild der Erinnerung wiedergegeben.

14 Im letzten Abschnitt der Anmoderation wird von der Erinnerung, welche das Lied für den Verfasser speziell macht, eine Brücke zum Titel des Liedes (Womb = engl. Uterus) geschlagen.

Paolo Deta, St.Gallen

PLATZ-
HALTER
QR-CODE
IMFALL

**Bester Platzhalter einer Einsendung
(gemäss Aussagen der Redaktion)**

Utensilien

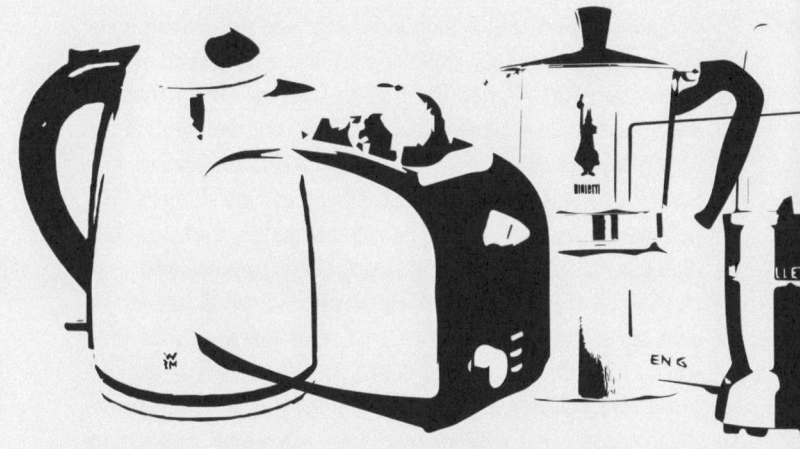

Lars ist verschwunden. Seit der Nacht auf Samstag fehlt jede Spur von ihm. Seine Mitbewohner machen sich langsam Sorgen. Etwa umsonst? In diesem Mini-Hörspiel erfährst du, was mit ihm geschehen ist, und warum er vielleicht doch mehr Spinat-Chia-Smoothies hätte trinken sollen.

Ein kurzes Hörspiel von Manuela Furger, Fabian Engeler, Lorena Strub und Pierre Lippuner

entropie.me/Ausgabe_2/Utensilien.mp3

Midlife Crisis

«50 ist nur eine Zahl!», sagt mein Arzt und untersucht mein Wirbelzwischengelenk, doch das stimmt nicht, denn vor 50 weisst du nicht einmal, dass du so was wie ein Wirbelzwischengelenk hast! Nach 50 ist die Frau, vor der du dich am häufigsten ausziehst plötzlich deine Physiotherapeutin: ausziehen, anziehen, ausziehen, anziehen, und mit deinem Körper bist du irgendwie auch ganz unzufrieden, und du fühlst dich wie *Germanys next top model*: schön unglücklich!

Nach 50 verbiegst du dich bei deinen Physioübungen wie eine Brezel auf dem Küchentisch, und nur wenn du brav warst, hilft dir deine Frau dabei, und zwar indem sie sich unter dich schiebt, deinen Kopf zur Seite drückt, mit ihrem Fuss deine Nase fixiert, und dann mit einer ruckartigen Bewegung dein Rückgrat bricht! Jedenfalls fühlt es sich so an! Und das alles, weil deine Physiotherapeutin sagt, das muss so sein, oder weil du sie nicht richtig verstanden hast, oder deine Frau alles falsch macht! Und alles auf dem Küchentisch! Und von überall her ächzt, knarrt und stöhnt es, und du weisst nicht, ob das nun von dir kommt, vom hölzernen Ding unter dir oder vom Tisch! Vom Tisch, den dir damals dein Bruder zusammengeschraubt hat, derselbe Bruder, der auch deinen Bürotisch zusammengeschraubt hat, so dass man die Schubladen nun aufschliessen oder noch mehr aufschliessen kann! Derselbe Bruder, der zum Backen eines Kuchens dreieinhalb Stunden benötigt hat, weil doch das Lämpchen beim Backofen defekt war und immer wieder erloschen ist, ausser man hat die Ofentür nochmals aufgemacht, dann ging´s wieder! Mein Bruder ist übrigens hochintelligent. Das Problem besteht eher darin, dass solche

Geräte nicht für Hochintelligente konstruiert worden sind! Und wenn jetzt jemand sagt, man lässt seinen Bruder, der es fertig gebracht hat, in nüchternem Zustand, seinen Wagen auf einer Bushaltestelle zu parken, bis dieser von der Polizei abgeschleppt wurde, um ihn anschliessend als gestohlen zu melden, wenn also jemand sagt, man lässt diesen seinen Bruder, mit diesem Talent, nicht ausgerechnet den Tisch zusammenschrauben, auf dem man seine Physioübungen machen soll, nun, du weiss erst mit 50, was du an deinem Bruder hasst! 50 ist eben doch nicht nur eine Zahl!

Und dann kracht der Tisch, und du denkst: Da müssten doch irgendwo irgendwelche Schrauben herumliegen! Doch das einzige was unter dir herumliegt ist deine Frau, weil sie wieder alles falsch gemacht hat! Und wenn du später dann in der Notaufnahme erklärst, dass eure Verletzungen bei der *Physiotherapie* passiert sind, wegen diesem verdammten *Wirbelzwischengelenk*, sag auf gar keinen Fall, dass deine Frau und dein Bruder an allem schuld sind! Sag nicht: Im Team geht alles besser! Sag nicht: Das ist jetzt halt ein bisschen sehr intim!

50 macht auch misstrauisch! Vor 50 habe ich im Park aus Langeweile Enten beobachtet, nach 50 blicke ich argwöhnisch um mich, weil ich genau weiss, dass da irgendwo eine Ente sitzt, die mich beobachtet! Und darum (wegen des Alters, nicht wegen der Ente) habe ich beschlossen, eine *Midlife Crisis* zu bekommen – und zwar eine ganz einzigartige, eine aussergewöhnliche, eine, bei der man sagen wird, wenn man mich in einer Ausnüchterungszelle wiederfindet, auf Mallorca, mit einem tätowierten rosa Einhorn auf meinem Hintern und jeder Menge, mit permanent Marker auf meine Haut gekritzelten, Lebensweisheiten, die einem auch erst

nach dem Genuss von mindestens fünf Flaschen Wodka einfallen, in den Armen einer Physiotherapeutin, *Ein Bett im
Kornfeld* grölend, zusammen mit einem schwarzen Schwan
– eine *Midlife Crisis*, bei der man sagen wird: Er ist wieder
auf dem Weg zur Besserung, der Schwan, und natürlich dass
mein Bruder an allem schuld ist!
Ziemlich sicher werdet ihr meinen Kontrollverlust beklagen.
Doch sind wir nicht alle irgendwie das Ergebnis eines Kont-
rollverlusts?
Wahrscheinlich wird auch einer Nietzsche ins Spiel bringen
(in solchen Fällen kommt immer einer mit Nietzsche) und
mir erklären, dass die *Veränderung* die einzige Konstante
im Leben sei, und dass ich deswegen mein Alter zu akzeptieren hätte. Doch es stimmt nicht, dass die *Veränderung* die
einzige Konstante im Leben ist. David Hasselhoff singt zum
Beispiel seit Jahren konstant schlecht, ganz zu schweigen
von Vreni Schneider. Nietzsche hatte also nicht nur unrecht,
er lag sogar total falsch, darum hat er sich dann ja auch die
Syphilis eingefangen, aber das ist was anderes...
Mein Zwillingsbruder wird mir erklären, dass das Leben halt
nicht so einfach ist, wie Kuchenbacken, dass es halt kein Re-
zept dafür gibt, ausser, dass man nicht zu oft die Klappe auf-
reissen sollte, und natürlich, dass ich mein Alter zu akzeptieren hätte. Doch all diese Theorien über das Leben sind wie
die Frau im Fernsehen, die mich zur Wahl einer 0800-ter
Nummer auffordert, zwar mega nett, aber verzichtbar! Und
selbstverständlich akzeptiere ich die Dinge wie sie sind, zum
Beispiel, dass mein Nachbar meiner Frau Bilder von seinen
Möpsen schickt, Mally und Jeffrey, zwei fette, reinrassige
Möpse, in ihren Körbchen, das muss man akzeptieren, sowie
das eigene Alter. Bei den Zombiefilmen identifiziere ich mich

auch nur noch mit den Zombies, wobei meine Gefühle immer noch die gleichen sind: Hunger und Durst!

Dann muss man eben versuchen, trotz allem, oder gerade deswegen, wie man in einschlägigen Ratgebern nachlesen kann, glücklich zu sein. Vielleicht ist Glück ja auch nur eine Mischung aus Wirklichkeitsflucht, Naivität, dem richtigen Ratgeber (also meiner Frau) und ausreichend Schokolade.

Wer nun aber glaubt, ich ende einmal als pausenlos Schokolade in sich hineinstopfender Zombie, in einem ganz tollen Haus mit vielen lustigen Leuten und ganz netten Physiotherapeutinnen, der irrt. Ich habe nämlich vor, aus meinem Alter eine Tugend machen. Ich lasse mir Botox in die Zwischenräume der Falten spritzen, um diese zu verstärken, und wenn mich einer fragt: «Hey Alter, wie alt bist du?», werde ich antworten: «Einhundertzwanzig!» Die Leute werden staunen und sich fragen: «Wie hat der sich nur so gut gehalten?», und ich werde sagen: «Physiotherapie und Schokolade!» Ich werde mich genüsslich auf den Rücken legen, mich mit Schokolade füttern und meinen Bauch kraulen lassen, wie ein fetter, geiler Mops! Nicht einen einzigen Streich werde ich tun, schon gar nicht später im Pflegeheim. Von wegen: «Was die Patienten noch selber tun können, sollen sie auch selber tun!» Ich werde mich schwerhörig stellen und wenn die Pflegerin ruft: «Hopp hopp, *rührt euch!*», werde ich sagen: «Die Schwester hat gesagt ich sei ein *Rührteig,* man muss mich ruhen lassen!» Wahrscheinlich werden die Ärzte sowieso mein Bein amputieren müssen, aber dann ist wenigstens das Problem mit meinem Körper abgehackt.

Wenn ich dann so im Bett liege, denke ich mir für jede Schwester einen persönlichen, exklusiven Klatsch- Code aus. Schwestern stehen auf sowas – *persönlich und exklusiv, das* zieht immer – und dann lasse ich sie rennen, rhythmisch, in regelmässigen Abständen, auf vorbestimmten Bahnen. Ein orchestrierter Reigen tanzender Puppen, ein buntes, sich drehendes Kaleidoskop an Farben und Formen, und in der Mitte ich und eine kleine, stumme, dienstfertige Schwester, die mir auf allen Vieren, und auf einem goldenen Tablett meine tägliche Portion Viagra reicht, und wenn jetzt einer denkt: «Voll der kranke Scheiss! Was um Himmels Willen hat der sich da nur eingeworfen?» Eine Tafel Schokolade enthält 400 mg Kalium, 280 mg Phosphor und 100 mg Calcium.

Zu guter Letzt werde eine Schmähschrift verfassen *Gegen die Mobilisierung bettlägeriger Patienten* – wo man´s doch endlich mal gemütlich hat! *Gechillt Altern, mit Würde und Schokolade – ein Ratgeber für Einbeinige ab 80!* Ich werde die Bestsellerlisten stürmen, meinen eigenen Youtube-Kanal führen (auf dem ein Video zu sehen ist, wie ich mit einer Schrotflinte eine Ente erlege), eine Tierpatenschaft mit einem Schwan eingehen und mehr Follower haben *Donald (Pussy Grabber) Trump* und *Jesus* zusammen. Und dann soll mir noch irgendjemand mit *bedauernswertem Kontrollverlust* kommen! 50 ist nicht nur eine Zahl, ab 50 hast du erst die richtig geilen Ideen!

Mein Zwillingsbruder wird mir natürlich vorrechnen, dass ich gar keine *Midlife Crisis* haben kann, da die durchschnittliche Lebenserwartung von Schweizer Männern nur gerade mal 80,7 Jahre beträgt, dass ich also bestenfalls eine Post *Midlife Crisis* haben kann. Daran ändere auch meine Praxis nichts, die Mitte selbst zu definieren. Ich würde damit, genau wie die CVP, kläglich scheitern (keine Follower … nichts), denn in der Krise fände man die Mitläufer nie in der Mitte, sondern immer am Rand.

In solchen Situationen zitiere ich mich dann gerne selbst
(Ich zitiere mich eigentlich immer gerne selbst, um mir ein-
zureden, das Leben sei eine Endlosschleife): «All diese Theorien zum Leben», werde ich sagen, «all diese Theorien sind
wie die Frau im Fernsehen, die mich zur Wahl einer 0800-
ter Nummer auffordert, zwar mega nett, aber verzichtbar!»
Nicht verzichtbar, sind die Menschen, die dich umgeben,
und die dich tragen – besser als jeder Tisch!

Illustration: Sancra Müller, Brügg

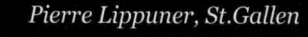

Und dann haben die mich fristlos entlassen!

Alle Fahrausweise vorweisen bitte!

Waaaaas?!

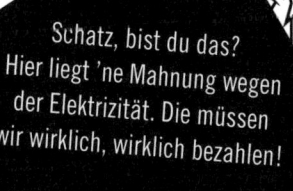

Schatz, bist du das? Hier liegt 'ne Mahnung wegen der Elektrizität. Die müssen wir wirklich, wirklich bezahlen!

Dann hat noch das Steueramt angerufen, die brauchen einen zusätzlichen Lohnausweis für deine Zeit bei ...

DRING! DRING! DRING!

Mach den Wecker aus und geh arbeiten ...

Vergiss nicht, wir brauchen das Geld!

DRING! DRING!

Warum sind wir drinnen, wenn wir auch draussen sein könnten
Warum sind wir draussen, wenn wir es uns drinnen gönnten
Warum müssen wir drinnen sein, in unsern Mauern
Und ewigs in ebendiesen Mauern versauern
Warum tun wir´s uns an
Ab und an
Ab und an
Nicht nur irgendwann
Wir sollten wirklich alle draussen lauern
Auf grossen, schönen, wunderprächtigen Mauern
Und auch all jene, die es uns trotz allem doch vergönnten
Würden wir mitnehmen, ach wie schön, wenn wir das nur könnten.
Es ist schwierig, zu leben,
ohne innerlich zu beben.
Muss irgendwas tun
aber was denn nun?
Und so lange du nicht hast,
dieses sei und werde!
Bist du nur ein trüber Gast
auf der dunklen Erde.
Fürste aller Welt:
Nichts was euch hält,
darum haltet ein!
Be a writer,
Not a fighter.
Break the chains,
But with words,
Not with weapons.

DIE ÜBERWINDUNG MEINER TRÄGHEIT

K: Geht es dir besser?

> C: Nein. Das Leben ist eine unendliche Arbeit am eigenen Selbst. Eine ständige Arbeit ein Selbst für sich zu entwerfen, das einem gefällt und dann das reale Selbst durch harte Arbeit in Richtung des entworfenen, idealen Selbst zu verwandeln.

K: Klingt nicht so spassig!

> C: Die Arbeit am eigenen Selbst verlangt Disziplin; es hat aber auch Raum für schöpferische Elemente. Das ist nicht das Problem am Leben.

K: Sondern?

> C: Das Problem ist vielmehr, dass die Arbeit an meinem Selbst stockend vorankommt.

K: Wie bist denn du drauf? :-(

> C: Aber vielleicht hat es die Arbeit
> an sich selbst so an sich, dass sie
> unbefriedigend ist und gegen eine
> Trägheit ankämpft – die Trägheit des
> Seins selbst. DAS SEIN WILL EINFACH
> NICHT WERDEN! Das Seiende will immer
> das sein, was es ist. Hierin liegt
> die Trägheit des Lebens.

K: Das Sein hat keinen Willen!

> C: Ja, aber das Seiende hat immer ei-
> nen grossen Vorteil gegenüber mögli-
> chen, zukünftigen Seienden – es IST.
> DAS LEBEN IST FOLGLICH INSOFERN EIN
> BEWUSSTES WERDEN, IMMER AUCH WIDER-
> STAND. WIDERSTAND GEGEN DAS SEIENDE.

K: Nicht denken, mein Lieber! Familienrecht konsumieren
für deine Prüfung! :-(

> C: Ja, darum geht es ja! Was mich
> am glücklichsten macht, ist denken! –
> Denn gerade IM DENKEN IST ES MIR MÖG-
> LICH, DAS SEIENDE ZU ÜBERWINDEN.
> … Darum geht es mir jetzt schon viel
> besser! Danke!

```
SCIENCE LOG
>625.478 42.4.987!UKL


PLANETARY COORDINATES
>Sector ZZ9 Plural Z Alpha


CELESTIAL BODY
>Planet "Earth"


DOMINANT SPECIES
>Humans "Hummus Apiens"


TECHNOLOGICAL DEVELOPMENT
>Pathetic
```

AN OBSERVATIONAL STUDY BY

>Timo Stump

>Fabian Engeler

>Stephanie Waldvogel

youtube.com/watch?v=XPDuA6Kf78k

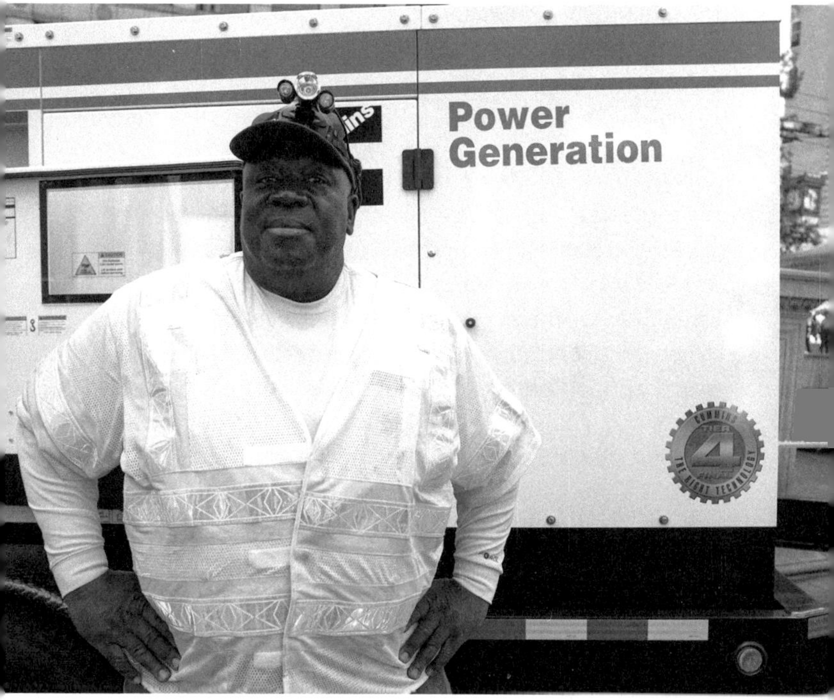
Power
Generation

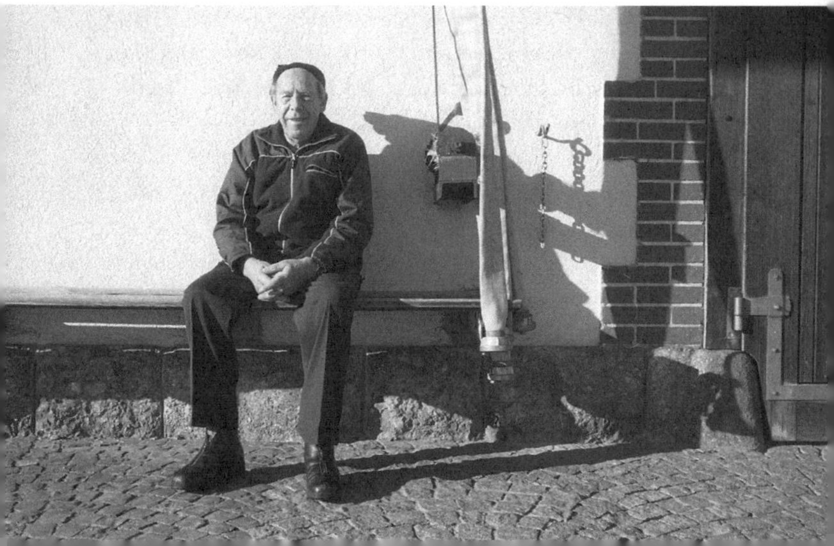

Die Reise - Eine Parabel

«Vom Fels zum Staub»

Perfekt war er, dieser Fels. Er wusste, dass er Teil der Erde, Teil des Universums war. Er fühlte sich mächtig und gross. Er trotzte erhaben jedem Sturm und jeder Hitze. Er wurde bewundert, wenn er glühte, abends, an der Sonne. Er hatte Viele scheitern gesehen, beim Versuch, über ihm zu stehen. Er galt als unerreichbar, unbezwingbar. Bis zu jener Nacht, als die Erde bebte. Dieser Spannung hielt selbst er nicht stand. Diese geballte Energie zerriss ihn. Er zerbrach in grosse und in kleinere Felsbrocken, und für einen dieser Brocken begann eine lange Reise ins Ungewisse.

Nach einer gefühlten Ewigkeit, landete dieser Brocken unsanft, irgendwo weiter unten am Berg, und er fühlte sich brüchig, verletzt. Dort lag er nun erst mal, zwischen all dem Gestein und rührte sich nicht mehr. Der Tag begann. Er lag regungslos da. Es folgten Tage der Sonnenfinsternis und Nächte des Leermondes. Es war dunkel in ihm und über ihm. Er fühlte nichts, als ganze Seilschaften über ihn kletterten, Keile in ihn schlugen und Schrauben in ihn drehten. Er fühlte nichts, hörte nichts, sah nichts und war dabei die ganze Zeit dem rohen Klima ausgesetzt.

So wurde es Winter und mit ihm kam der Schnee. Es war dem Stein egal, er nahm davon kaum Kenntnis. Einfach schlafen wollte er. Ja, Winterschlaf, und vielleicht nie mehr aufwachen. Er wollte nicht weiter existieren, als seelenloser Zombie ohne Anerkennung inmitten des Gesteins. Er war abgeschnitten von allem, drehte sich im Kreis, und niemand merkte es. Das Gestein um ihn herum war mit sich selbst beschäftigt. Er bot ein trostloses Bild, dieser erstarrte Haufen. Mitten drin lag der grosse Brocken.

Doch auf einmal ging die Reise weiter. Er befand sich urplötzlich in einem Schneebrett und donnerte zu Tal. Er wurde zur Lawine, in dieser Masse von Schnee und Geröll. Er raste in die Tiefe wie durch einen dunklen Tunnel, konnte nichts mehr sehen. Wiederum schlug er hart am Boden auf, und wiederum brach er in Stücke. Die Lawine hatte ihm arg zugesetzt. Er war nur noch ein Fragment vom Fels von früher. Und doch, er existierte noch.

Als die Schneeschmelze einsetzte, merkte er langsam, wie viel kleiner er geworden war. Es machte ihn erst traurig, dann zornig und irgendwann wurde er demütig. Die Frühlingssonne beschien ihn und er spürte, wie sie ihn wärmte. Das erstaunte ihn. Er meinte, diese Wärme noch nie zuvor gespürt zu haben. Er sonnte sich in diesem neuen Gefühl, der Stein, der er nun war.

Dann merkte er, dass ihn etwas bewegte, schaukelte und er ins Rollen kam. Die Schneeschmelze hatte den Bergbach zu einem reissenden Fluss anschwellen lassen. Das eisige Wasser trug ihn weiter ins Tal. Unterwasser drehte er sich in Wirbeln, wurde von entwurzelten Bäumen mitgerissen, um schliesslich an einer Flussbiegung ans Ufer gedrängt zu werden.

Auf seiner Reise wurde er geschliffen. Seine Oberfläche war nun sanft. Er war noch immer einer der grösseren Steine an diesem Ufer. Es kamen Wandergruppen, stiegen über ihn drüber und, weil er schon so schön geschliffen war, nahm man ihn mit. Man wollte ihn forttragen, doch er war auf Dauer zu schwer. So warf man ihn wieder, an einer anderen Stelle, in den Fluss.

Andere Steine schichteten sich auf ihm, drückten und rieben sich an ihm. Dann begannen die heftigen Sommergewitter, und mit ihnen kam das Hochwasser. Der Stein hatte keine Wahl. Er wurde mitgerissen. Er wurde zu einem rollenden Stein. Er war manövrierunfähig, machtlos. Irgendwie war es für ihn wie eine Reise durch Raum und Zeit, ohne den Boden dieses Raumschiffes zu spüren. Beinahe war er wieder soweit, wie schon so oft. Er liess sich lange treiben, doch er wusste nun, dass ihm Gleiches schon widerfahren war. Er wusste, dass es irgendwann vorbei sein würde. Dass irgendwann der dunkle Tunnel aufhört. Kein Tunnel ist unendlich, ging es durch ihn durch.

Eines Tages merkte er, dass er zu einem Kieselstein geworden war. Er erschrak, als ihm bewusst wurde, dass er bald nur noch Staub sein würde, wenn es ihm nicht gelänge, diese Reise zu stoppen. So wollte er noch lange nicht enden, als Staub.

Seine Reise hatte ihn in ein seichtes Gewässer gespült. Und er merkte, dass er einer von zahllosen Kieselsteinen geworden war. Es fühlte sich gut an, endlich mit seinesgleichen zusammen zu sein. Das Wasser war immer noch warm. Es musste Spätsommer sein. Er hörte die Grillen am Ufer zirpen. Andere Kieselsteine hatten es ihm gesagt, denn er selber hatte nie zuvor Grillen zirpen hören.

Langsam wurde das Wasser immer weniger. Dieser Herbst war trocken und viel zu warm. Aber der Kiesel konnte es endlich geniessen. Sie waren für ihn wie Ferien, diese Wochen. Er fühlte sich verstanden in dieser Schicksalsgemeinde, bestehend aus lauter Kieselsteinen.

So erholte er sich von den vielen langen Jahren seiner Reise, die ihn klein und demütig werden liess. Er war zufrieden, manchmal sogar glücklich, ein Stein zu sein. Er fing an, die Elemente zu lieben und amüsierte sich köstlich, wenn über ihm ein Bär das spärliche Wasser leckte und ihn dabei mit seiner Zunge kitzelte. Diese Reisepause beseelte ihn. Er spürte sich und nahm wahr, was um ihn herum geschah.

Zwischen den Kieselsteinen gab es nicht nur geschliffene Harmonie. Sie rieben sich immer wieder aneinander. Manchmal, wenn der Föhnsturm derart stark blies und Bäume entwurzelte, konnte es schon mal geschehen, dass die Steine unter diesen umgestürzten Bäumen aufeinander krachten. Das wurde dem Kieselstein dann manchmal zu eng. Deshalb war er nicht traurig, als sich das Flussbett wieder mit Wasser füllte und ihn bewegte. Nur der Fluss konnte ihn weiterbringen, ihn zu neuen Ufern tragen. Er begann, ein selbstbewusster Reisender zu werden.

Zum ersten Mal machte es dem Kiesel Spass, im Wasser herumgewirbelt zu werden. Er war neugierig geworden. Neugierig auf das Leben. Der Stein veränderte sich stets. Sein Umfang wurde kleiner. Er spürte immer mehr das Sandkorn, das er in seinem Innersten vermutete.

Während er sich viele Jahre lang den Elementen hingab, merkte er, dass er selber eines dieser Elemente war. Er erkannte, dass er die Welt veränderte, er, der kleine Kiesel, der er nun war. Er merkte, dass er als Kiesel viel mehr Möglichkeiten hatte, die Vielfalt zu erleben. Früher, als er noch ein riesiger Fels war, konnte ihn nur ein Erdbeben in Bewegung versetzen. Er durfte und konnte reisen, ruhen, Einfluss nehmen auf den Lauf des Flusses, Zuflucht bieten für kleinste Lebewesen, die sich unter ihm verkrochen. Er konnte sogar eine Brücke sein.

Lebensfreude und Reiselust kam in ihm hoch. Achtsamkeit wurde zum Schlüssel seines Glücks. Er spürte die Relativität von Gut und Böse, von Raum und Zeit. Er wusste, auch wenn er eines Tages zu Staub werden würde, dass Staub auch etwas ist! Staub ist nicht nichts. Als Staub würde er grenzenlose Freiheit erleben und wenn er wollte, jede noch so kleine Ritze füllen.

Es dauerte noch lange, doch eines Tages erkannte er, dass der Staub schon in ihm war. Schon damals, als er noch ein Fels war und nicht wusste, dass er Staub war.

Dunkle
Wolken.

legen sich über
den Horizont.

Sie vertreiben jede
Hoffnung gekonnt.
Nebel wabert über den
Beton,

der Beton.
Nass vom Regen.
Es fühlt sich an
als könnte es kein Morgen geben.

Du rennst.

Du rennst, weil du dieses Gefühl nicht
kennst.

Du rennst, weil dieses Gefühl dich
bremst.

Schattenfiguren auf Stadtkonturen,
       versteckt im Dunkel der Nacht,
als hätten sie alle Lichter ausgemacht.
Sie kriechen hervor,
    hinter den Ecken und werden
deine Sicht verdecken.

Du. atmest ein.
Du. atmest aus
- willst hier nur noch raus ---

Du. atmest aus.
Du. atmest ein
- doch du fühlst dich winzig klein ---

Verbogene Wahrnehmungen,
seltsame Strukturen,

dann sind da noch diese tickenden Uhren.
Die Zeit rennt davon,
unaufhaltsam wie Sand der durch
die Finger rieselt.

Du rennst.

Du rennst, weil du dieses Gefühl nicht kennst.

Du rennst, weil dieses Gefühl dich bremst.

Ein Schrei steckt in deiner Kehle.
Unfähig ihn zum Laut zu machen, du wirst
gleich mächtig auf den Boden krachen. ---
Auf dem Boden der Realität, ist es für Träume
wahrscheinlich zu spät.

Du. atmest **ein.**
Du. atmest aus
– willst hier nur noch raus ---

Du. atmest aus.
Du. atmest ein
– doch du fühlst dich winzig klein ---

Fledermausflirren.

Nass vom Regen, das Licht vom Nebel verschluckt,
die Schattenfiguren schleichen geduckt.

Und plötzlich gehst du durch die Nacht ins Morgenlicht,
die Dunkelheit ist nicht mehr ganz so dicht.
Flüsternd schleichen deine Füsse über den Asphalt,
es ist noch klirrend kalt.

Nebel wabert über den Beton,

der Beton ist noch nass vom Regen,
doch es fühlt sich an als könnte es
womöglich doch ein Morgen geben.